A CIDADE DOS CINCO CIPRESTES

A cidade dos cinco ciprestes

MARINA COLASANTI
Ilustrações da autora

© 2019 by Marina Colasanti

1ª Edição, Global Editora, São Paulo 2019
1ª Reimpressão, 2023

Jefferson L. Alves – diretor editorial
Dulce S. Seabra – gerente editorial
Flávio Samuel – gerente de produção
Juliana Campoi – assistente editorial e revisão
Marina Colasanti – ilustrações
Claudia Furnari – projeto gráfico

CIP-Brasil. Catalogação na Publicação
Sindicato Nacional dos Editores de Livros, RJ

C65c

Colasanti, Marina
   A cidade dos cinco ciprestes / [texto e ilustrações] Marina Colasanti. – 1. ed. – São Paulo : Global, 2019.
   56p. : il. ; 23 cm.
   ISBN 978-85-260-2474-8
   1. Contos. 2. Literatura juvenil brasileira. I. Título.

19-55598
   CDD: 808.899283
   CDU: 82-93(81)

Vanessa Mafra Xavier Salgado - Bibliotecária - CRB-7/6644

Obra atualizada conforme o
NOVO ACORDO ORTOGRÁFICO DA LÍNGUA PORTUGUESA

Global Editora e Distribuidora Ltda.
Rua Pirapitingui, 111 – Liberdade
CEP 01508-020 – São Paulo – SP
Tel.: (11) 3277-7999
e-mail: global@globaleditora.com.br

 globaleditora.com.br    @globaleditora

/globaleditora    @globaleditora

 /globaleditora    /globaleditora

 blog.grupoeditorialglobal.com.br

 Direitos reservados.
Colabore com a produção científica e cultural.
Proibida a reprodução total ou parcial desta
obra sem a autorização do editor.

Nº de Catálogo: **3395**

Sumário

ONDE O TESOURO SE ENCONTRA, 9

Cinco ciprestes, vezes dois, 13

A cidade dos cinco ciprestes, 27

À sombra de cinco ciprestes, 35

Em busca de cinco ciprestes, 43

ONDE O TESOURO SE ENCONTRA

O começo deste livro está localizado em um quarto de hotel, numa cidade nordestina da qual guardei o calor mas esqueci o nome, um quarto claro onde eu lia um ensaio esperando a hora do evento que havia me trazido até ali.

Nesse ensaio fazia-se referência ao famoso conto das Mil e uma noites, aquele em que um homem sonha que há um tesouro aguardando por ele na cidade tal, e para lá vai, só para descobrir que o tesouro estava em sua própria casa.

Tinha acabado de ler o conto que conhecia desde a infância e o remoía, pronta a voltar ao ensaio, quando meu pensamento me disse claramente que a história não precisava ser assim. E, para provar, me contou uma outra história nascida do mesmo começo.

No silencioso isolamento daquele quarto, anotei o conto agora meu, tomada, por algum tempo, pela emoção que havia gerado. E novamente meu pensamento me surpreendeu, dizendo que a história era aquela, mas poderia ser outra. E me contou a segunda história.

Agora eu tinha dois contos completamente diferentes, partindo de um idêntico começo.

Voltei para casa tentando, na viagem e já no escritório, decidir qual o melhor, para incluí-lo no livro em que vinha trabalhando (que seria *Entre a espada e a rosa*). Hesitava, indo de um a outro. Até que, de repente, entendi. Não havia melhor. Não eram dois elementos parecidos entre os quais devesse escolher. Eram dois produtos literários diferentes, igualmente válidos. Eu havia realizado na prática aquilo que nos diz a teoria literária, ou seja, que as narrativas constituem uma cadeia inesgotável em que uma nasce da outra e em que nenhuma se limita a si mesma.

Decidi publicá-los juntos, intercalados pela frase que mantive nesta edição.

Muitos anos se passaram antes que, para confirmar minha postura, fizesse mais um conto da cidade dos cinco ciprestes, desta vez para o livro *23 histórias de um viajante*. Acrescentei este comentário remetendo aos dois primeiros:

> – Curioso – disse o príncipe –, algum dia, sei lá quando, ouvi uma história semelhante. Não igual a essa, certamente, mas uma história assim, de tesouro à espera. E de cinco ciprestes. Talvez os cinco ciprestes fossem dez, ou, então, são duas cidades de cinco ciprestes que moram na minha memória. Mas de uma coisa estou seguro, já estive nessas cidades.

— E não estivemos todos? — os olhos amarelos pareciam sorrir. — Não seria a vida de todos nós — e fez um gesto largo com a mão abrangendo os cavaleiros que ouviam atentos — a procura de um tesouro, o raro tesouro da felicidade?

— Mas o tesouro — rebateu um dos cavaleiros — nem todos o encontram à sombra de cinco ciprestes.

— Nem poderiam — a voz do homem era mansa como se estivesse ele próprio deitado debaixo daquela sombra. — Não são os ciprestes que contam, nessa história, mas a capacidade de reconhecer o lugar onde o tesouro se encontra.

Como se escuras ramagens tivessem começado a farfalhar, calaram-se.

Adiante, porém, considerei que três contos nascidos da mesma raiz não eram desafio suficiente, e me propus chegar a cinco.

Escrevi o quarto para o livro *Como uma carta de amor*.
O quinto aqui está.
Escuras ramagens farfalham em mim.

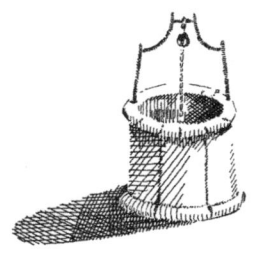

CINCO CIPRESTES,
vezes dois

Não era um homem rico. Nem era um homem pobre. Era um homem, apenas. E este homem teve um sonho.

Sonhou que um pássaro pousava em sua janela e lhe dizia:

"Há um tesouro esperando por você na cidade dos cinco ciprestes." Mas, quando o homem abriu a boca para perguntar que cidade era essa, espantou o pássaro e o sonho. E despertou.

Durante dias indagou de quantos encontrava se sabiam alguma coisa a respeito de uma cidade com cinco ciprestes, sem que ninguém tivesse o que lhe responder. Então, como se ainda ouvisse a fala clara do pássaro, vendeu seus poucos bens, botou o dinheiro numa sacola de couro que pendurou no pescoço e, montando no seu cavalo, partiu.

Escolheu a direção do sol poente, dizendo para si que, enquanto andasse junto com o Sol, os dias durariam mais, e ele teria mais tempo para procurar. E junto com o Sol subiu montanhas, atravessou planícies, varou lagos e rios.

Da cidade, nem sinal.

Mas ele tinha sonhado com o pássaro, e continuou a procurar. E eis que um dia, quando o sol começava a acariciar-lhe as costas, viu lá longe, erguendo-se como torres na bruma do horizonte, as negras silhuetas de cinco ciprestes.

Sob o puxão involuntário das rédeas, o cavalo estremeceu. Porém, logo esporeado, pôs-se a galopar. E galoparam, galoparam, galoparam.

Espumava o cavalo, suava o homem, quando afinal chegaram à primeira casa. E estando o homem tão cansado, já no final do dia, pareceu-lhe melhor beber a água daquele poço, deitar-se à sombra daquela árvore, para só no dia seguinte, descansado, procurar o tesouro que lhe pertencia.

E assim fez. Adormecendo em seguida.

Dormiu tão profundamente que não despertou quando um outro cavaleiro chegou, apeou e aproximou-se dele. Tão profundamente que nem sentiu quando este tocou na bolsa de couro que trazia ao pescoço, ainda cheia de dinheiro. E adormecido assim, como poderia perceber que se tratava de temível bandido?

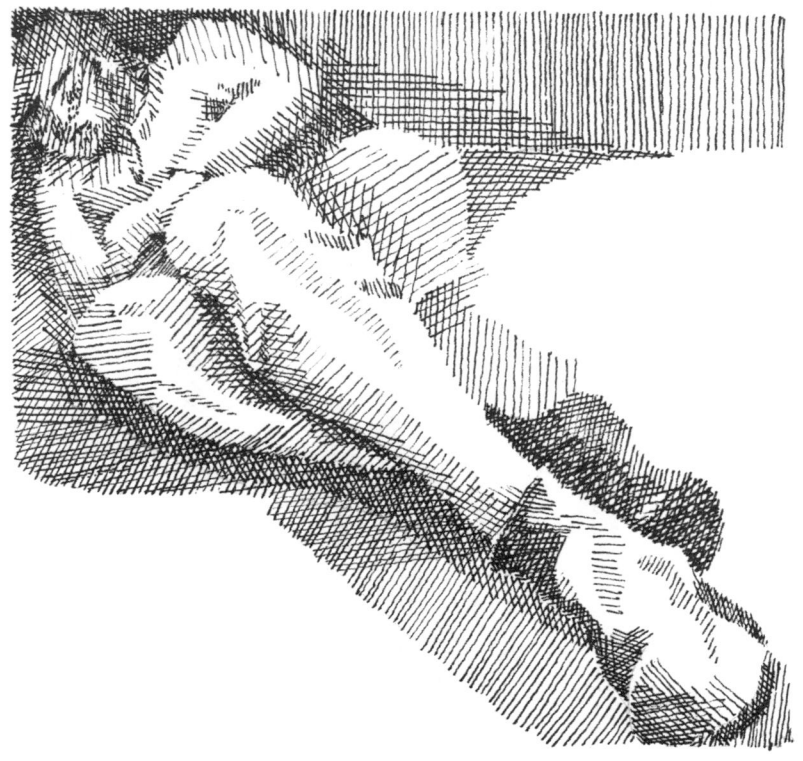

Nada percebeu. Nem sequer quando o outro puxou da espada e, segurando-a por um instante no alto, com as duas mãos baixou-a súbito, decepando-lhe a cabeça.

Quase sorrindo, o salteador abriu a bolsa, contou o dinheiro. Depois, deixando aos cães o corpo ensanguentado, agarrou a cabeça pelos cabelos e atirou-a no poço.

E no poço a cabeça foi afundando lentamente. Até chegar ao fundo. Onde os olhos abertos já não podiam ver o cofre apodrecido, de cujas frestas joias e moedas escapavam, perdendo-se na escuridão esverdeada.

Mas um conto é apenas um conto,
que eu conto, reconto
e transformo em outro conto.

Não era um homem rico. Nem era um homem pobre. Era apenas um homem. E este homem teve um sonho.

Sonhou que um pássaro pousava na sua janela e lhe dizia:

"Há um tesouro esperando por você na cidade dos cinco ciprestes." Mas quando o homem abriu a boca para perguntar onde ficava essa cidade, espantou o pássaro. E o sonho levantou voo.

Inutilmente perguntou a todos quantos conhecia se podiam lhe dar notícias da misteriosa cidade. Ninguém tinha ouvido falar dela, e o máximo que faziam era sacudir a cabeça e dar de ombros. Assim, percebendo que se continuasse onde estava jamais chegaria aonde tinha que ir, vendeu sua casa e sua horta, vendeu as roupas que não levava no corpo e, tendo colocado o dinheiro em uma sacola de couro, pendurou-a no pescoço e partiu.

Escolheu a direção do sol nascente, dizendo para si que ver o Sol surgir todas as manhãs seria como ver a fortuna que também estava surgindo para ele. E juntamente com o Sol, levantou-se dia após dia, percorrendo planícies, subindo montanhas, atravessando lagos e rios.

Sem que da cidade houvesse sinal.

Mas o pássaro havia falado em seu sonho. E ele continuou a procurar. E eis que uma manhã, quando o sol lhe tocava o rosto com dedos ainda mornos, viu recortar-se no horizonte silhuetas negras e altas como torres, severas silhuetas de ciprestes. Mal podia olhá-las, mergulhadas

na luz ofuscante que pairava ao longe como uma névoa. Ainda assim seu coração pareceu lançar-se para elas, e o cavalo estremeceu sob o puxão involuntário das rédeas.

Galoparam e galoparam e galoparam.

O cavalo espumava, o cabelo do homem grudava na testa, quando afinal chegaram mais perto da cidade almejada. O Sol agora já estava quase se pondo e, na luz gasta do fim do dia, o homem viu que os ciprestes não eram cinco, como havia pensado, mas apenas quatro.

— Ainda não é esta — disse desapontado, como se alguém pudesse ouvi-lo.

E, esporeando o cavalo, afastou-se.

Não podia saber que na noite anterior uma tempestade havia desabado sobre a cidade. Nem que um raio, certeiro, abatera o quinto cipreste.

A CIDADE DOS
cinco ciprestes

Não era um homem rico. Nem era um homem pobre. Era um homem, apenas. E esse homem teve um sonho.

Sonhou que um pássaro pousava em sua janela e lhe dizia: "Há um tesouro esperando por você na cidade dos cinco ciprestes". Mas quando o homem quis abrir a boca para perguntar onde ficava a cidade, abriram-se os seus olhos, e o pássaro levantou voo levando o sonho no bico.

O homem perguntou aos vizinhos, aos conhecidos, se sabiam de tal cidade. Ninguém sabia. Perguntou aos desconhecidos, aos viajantes que chegavam. Ninguém a havia visto ou ouvido falar dela. Por fim, perguntou ao seu coração, e seu coração lhe respondeu que quando se quer o que ninguém conhece, melhor é ir procurar pessoalmente.

Vendeu sua casa e com o dinheiro comprou um cavalo, vendeu sua horta e com o dinheiro comprou os arreios, vendeu seus poucos bens e colocou as moedas numa sacola de couro que pendurou no pescoço.

Já podia partir.

Iria para o Sul, decidiu esporeando o cavalo. As terras do sol são mais propícias aos ciprestes, pensou ainda afastando do pescoço a pelerine.

Galopou, galopou, galopou. Bebeu água de regatos, bebeu água de rios, debruçou-se sobre um lago para beber e viu seu rosto esgotado. Mas cada vez tornou a montar, porque um tesouro esperava por ele.

Pareciam cinco torres riscadas a carvão no céu azul, quando afinal os viu ao longe coroando o topo de uma colina. Meus ciprestes! cantou altíssimo seu coração. E embora tão cansado o cavalo, pediu-lhe um último esforço. Ainda hoje te darei cocheira e palha fresca na minha cidade, prometeu sem ousar cravar-lhe as esporas.

Foram a passo. Porém, desbastando a distância, percebeu o homem que não poderia cumprir a promessa. Nenhum perfil de telhado, nenhuma quina de casa, nenhum muro denteava o alto da colina. Galgaram lentamente a encosta sem caminhos. No topo, cinco ciprestes reinavam altaneiros e sós. Não havia cidade alguma.

A noite já se enovelava no vale. Melhor dormir, pensou o homem, amanhã verei o que fazer. Soltou o cavalo,

que pastasse. Cobriu-se com a pelerine, fez do seu desapontamento travesseiro, e adormeceu.

Acordou com a conversa dos ciprestes na brisa. O ar fresco da noite ainda lhe coroava a testa, mas já uma enxurrada de ouro em pó transbordava do horizonte alagando o vale, e os insetos estremeciam asas prontos a lançar-se ao sol que logo assumiria o comando do dia.

O homem levantou-se. Estava no delicado topo do mundo. Os sons lhe chegavam de longe, suaves como

se trazidos nas mãos em concha. Ao alto, cinco pontas verdes ondejavam desenhando o vento.

Eis que encontrei meu tesouro, pensou o homem tomado de paz. E soube que ali construiria sua nova casa.

Uma casa pequena com um bom avarandado, a princípio. Depois, com o passar dos anos, outras casas, dele que havia fundado família, e de outras famílias e gentes atraídas pela sedução daquele lugar. Um povoado inicialmente, transformado em aldeia que desce pela encosta como baba de caracol e que um dia será cidade.

A quem no vale pergunta, já respondem, é a cidade dos cinco ciprestes.

No alto, esquecido, um baú cheio de moedas de ouro dorme no escuro coração da terra, entrelaçado com cinco fundas raízes.

À SOMBRA DE
cinco ciprestes

Nem rico, nem pobre, era um homem como tantos outros, um homem a meio caminho. Até a noite em que um pássaro voou no seu sonho.

Entrou pela janela aberta do sonho, pousou no peitoril e disse: "Na cidade dos cinco ciprestes, há um tesouro à tua espera". O homem ergueu a cabeça surpreso, o pássaro se foi, despertando-o com o rufar das asas.

Que cidade era essa, ninguém conseguiu lhe dizer. Indagou durante alguns dias, não mais do que isso, pois agora seu tempo tinha valor. E vendo que não havia ali quem soubesse mais do que ele, vendeu sua casa, sua horta, suas quatro galinhas. Só não vendeu o cavalo. Posto o dinheiro em uma sacola de couro que pendurou no pescoço, partiu.

Galopou, galopou, até chegar a uma cidade onde um único cipreste se erguia. – Um único cipreste é melhor

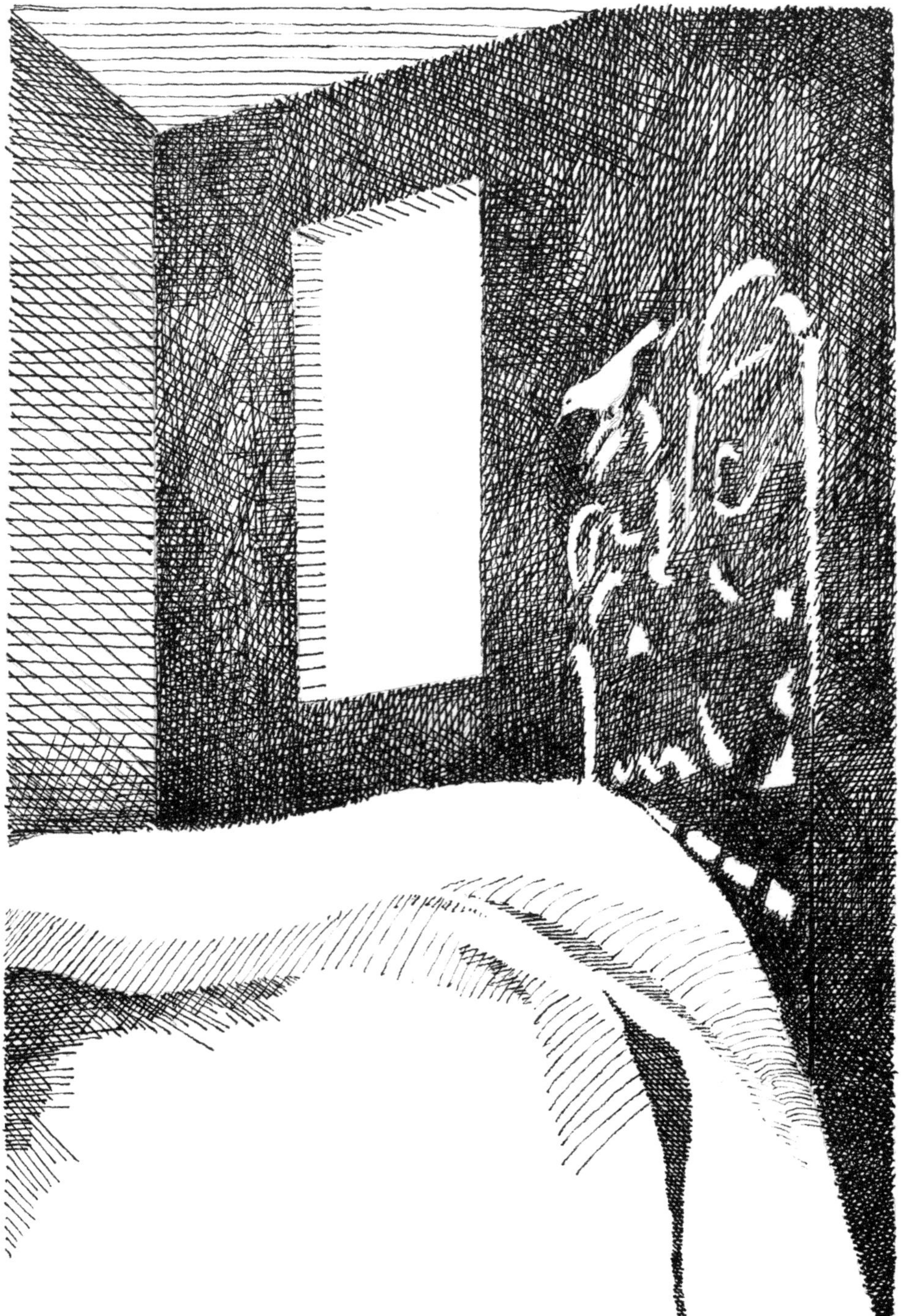

que cipreste nenhum – pensou o homem. E parou para descansar e pedir informações. Mas informações ninguém soube lhe dar. Ao amanhecer já estava em sela.

Cavalgou durante muitos dias. Subiu encostas, desceu encostas. Anoitecia, quando passou pelo portal de uma cidade ladeado por dois ciprestes. – Dois ciprestes não me bastam – pensou o homem. Antes que o sol varasse o portal, estava longe.

Atravessou pastagens, cruzou aldeias e vilarejos. Viu ao longe uma cidade sombreada por três ciprestes, e pareceu-lhe bom sinal, como a dizer-lhe que aquele era o caminho. De fato, nem bem um dia havia passado quando, depois de atravessar uma densa floresta, o horizonte lhe ofereceu uma cidade. Na cidade, deparou-se com quatro ciprestes.

O coração do homem aqueceu-se como se estivesse diante do tesouro. – Agora sim – pensou –, falta pouco. – E olhando os pássaros que volteavam no alto, acreditou reconhecer aquele que havia sido mensageiro.

Porém, desmentindo seu sentimento, cavalgou solitário num raio de muitas léguas, não encontrando senão moradias esparsas. Cruzou dois rios, rodeou um lago. Muito teve que viajar. Já sentia faltar-lhe as forças, quando finalmente adentrou numa cidade. Sobre o branco cascalho da praça, estendia-se a sombra de seis ciprestes.

Onde?! Onde estava aquela que lhe haviam prometido?, perguntou-se o homem em desespero. E exausto como se encontrava, sequer desceu da sela. Cravando as esporas no cavalo, recomeçou a busca.

Haveria de buscar por muito tempo.

Um ponto chegou, em que a barba crescida quase lhe escondia o rosto, o cabelo descia sobre os ombros, e ele todo parecia outro homem. Mas esse homem cansado e sujo era o mesmo a quem um tesouro havia sido prometido. E como no primeiro dia, continuava confiante na promessa.

Montado no cavalo que mal se aguentava de pé, regressou então à única cidade que havia tocado seu coração. Ali, junto às quatro árvores escuras, abriu uma cova pequena e, com toda delicadeza, plantou uma muda de cipreste.

Só depois de recomposta e regada a terra, foi banhar-se. E fez a barba, e prendeu os cabelos. Tinha uma espera pela frente.

A muda começa a alongar suas raízes na terra morna.

Como se obedecendo a um sinal, do outro lado do mar, o navio em que um rico mercador embarcou com um carregamento de pedras preciosas levanta âncora.

Nesse mesmo momento, longe do mar e do jovem cipreste, numa prisão escura, um bandoleiro perigoso empunha a colher que não devolveu com a tigela de sopa, e que lhe servirá para dar início à escavação de um túnel de fuga.

Muitos fatos ainda se passarão nessas três histórias antes que o mercador venha, com sua reduzida comitiva e sua rica carga, a atravessar a densa floresta na qual o bandoleiro, livre da prisão, espreita. Haverá então cruzar de espadas, chamados, sangue, um tiro de arcabuz ecoará estremecendo folhas. Ficarão na floresta os corpos, os fardos, a cabeça decepada do mercador. Na carroça puxada por cavalos, o bandoleiro se afastará veloz levando o cofre com as pedras preciosas. Será preso algum tempo depois por esse crime, e enforcado. Mas não sem ter antes, protegido pela escuridão da noite, enterrado seu tesouro à beira de uma cidade que lhe cruzou o caminho, no ponto marcado pelos troncos de cinco ciprestes.

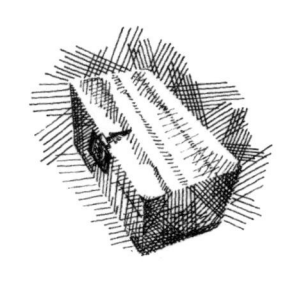

EM BUSCA DE
cinco ciprestes

Não era um homem rico, tampouco era pobre. Vivia sua vida, e parecia-lhe bem. Até a noite em que teve um sonho.

Sonhou que um pássaro entrava em voo pela porta aberta e pousando na cabeceira da cama lhe dizia: "Um tesouro te espera na cidade dos cinco ciprestes". Viu-se estender a mão para afagar o inesperado visitante, mas com o gesto espantou sonho e mensageiro. Sem que, entretanto, se espantasse a mensagem.

De nada adiantou, nos dias que se seguiram, pedir a quantos conhecia informações sobre aquela cidade. Ninguém havia cruzado com ela em seu caminho, não fazia parte das recordações de quem quer que fosse.

O homem não sonhou mais com o pássaro. Pelo menos, não à noite. Muitas vezes, de dia, pareceu-lhe ouvir aquele canto que não era canto mas fala. Porém, embora procurasse no azul e nas ramagens, nunca mais viu o mensageiro que lhe havia trazido a boa-nova.

    Empreendeu várias viagens breves. A pé, pois não tinha cavalo, e para que o teria, ele que só lavrava sua pequena horta e assava pão? Caminhava pelas estradas até onde suas forças o levavam, visitava uma ou outra cidade, uma ou outra aldeia, esperando encontrar não os cinco ciprestes que ninguém havia visto, mas alguém que soubesse deles. E a cada viagem, sem nada ter conseguido, retornava à sua casa levando consigo um desejo que tanto mais crescia quanto mais esbarrava em negativas.

    A vida que havia sido suficiente para ele já não lhe bastava.

    Vendeu primeiro a colheita da horta – precisava de roupas mais quentes. Depois vendeu tudo o que a sua casa continha, os móveis toscos, os canecos e pratos de estanho, as poucas panelas de barro – precisava de arreios para o cavalo que ainda não tinha. Só no fim, como uma concha vazia, vendeu a casa. Com o dinheiro comprou o cavalo, colocou numa sacola de couro o pouco que sobrou, prendeu-a na cintura. E partiu.

    O homem que havia comprado a casa ficou olhando da porta, até vê-lo desaparecer na curva do caminho. Então entrou e começou a arrumar suas coisas.

    Alguns meses se passaram. Já tendo cuidado de casa e horta, e querendo talvez marcar sua posse, o novo dono

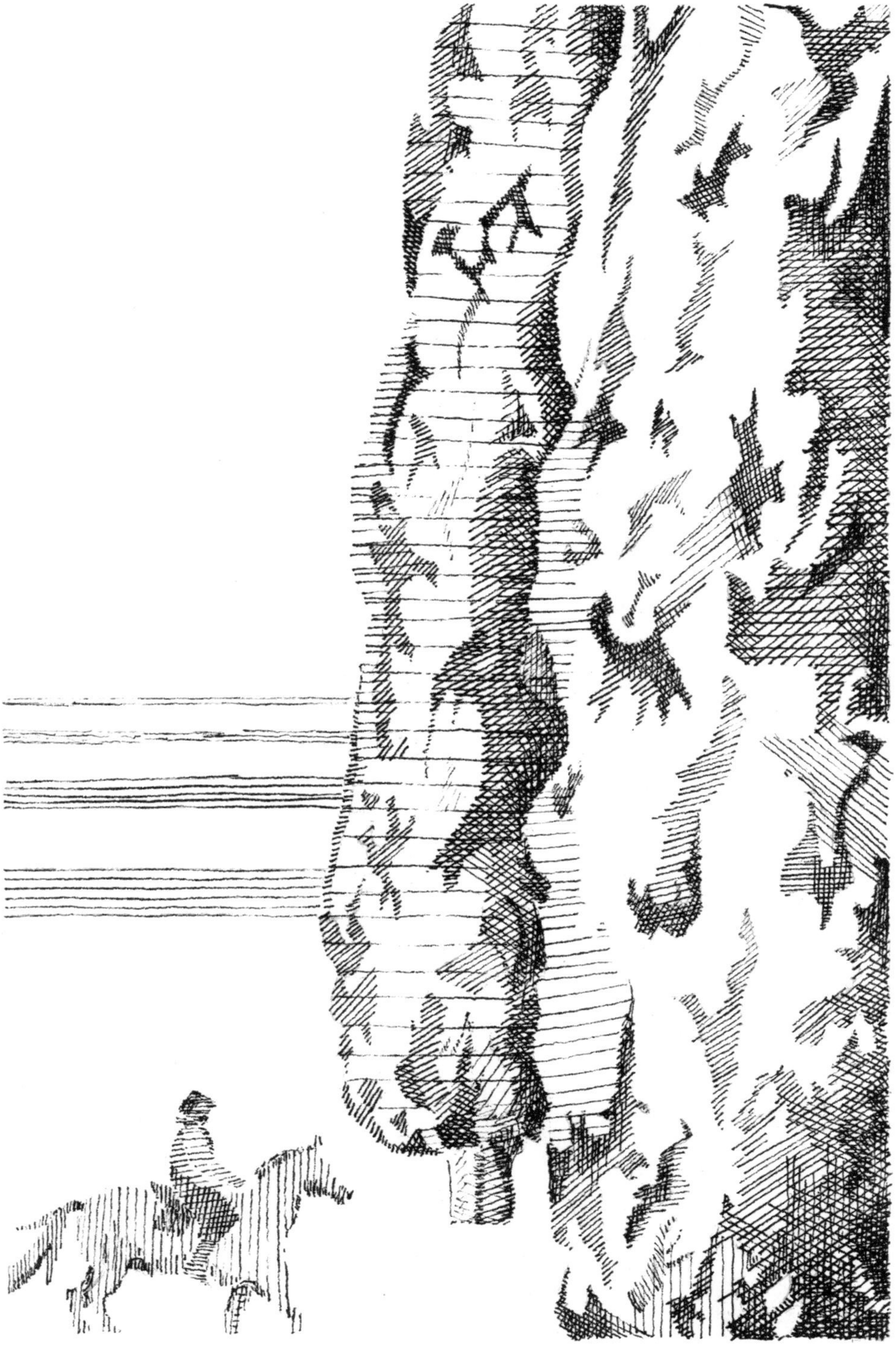

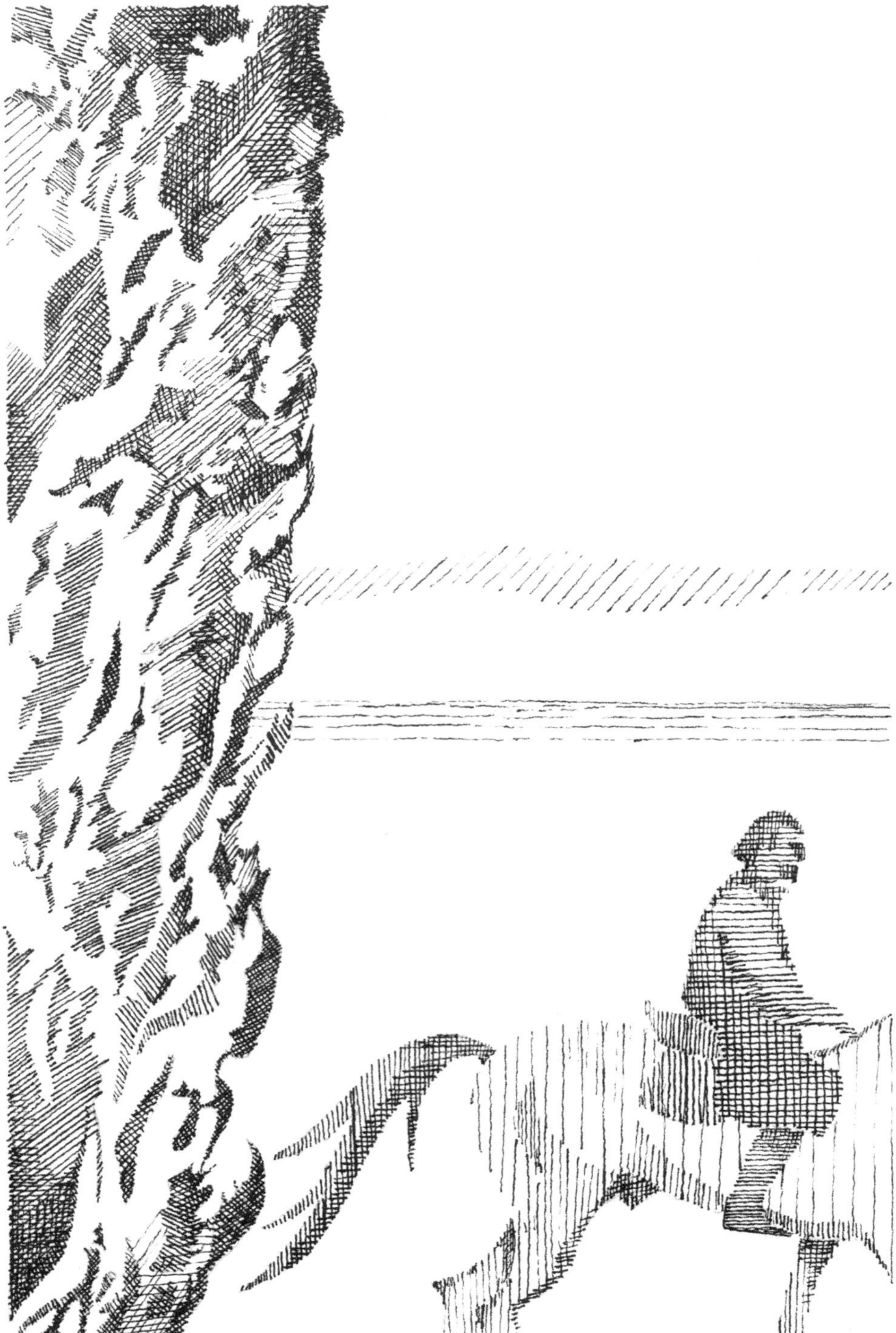

da casa plantou junto à cerca seis mudas de cipreste. Cinco cresceram verdejantes para fazer sombra e cantar no vento. Uma secou aos poucos, ainda jovem, e ele a abateu para fazer lenha, sem procurar saber a origem do seu mal.

Tivesse cavado, teria encontrado ao fundo, bem fundo, o velho baú cheio de moedas que com seus humores metálicos contaminavam as raízes. Mas o pássaro viera cedo demais, pousando no sonho de outro homem, e enquanto aquele cavalgava em busca do que nunca encontraria, este perdia a fortuna que lhe havia sido destinada.

Marina Colasanti nasceu em Asmara, na Eritreia, viveu em Trípoli, percorreu a Itália em constantes mudanças, transferiu-se com sua família para o Brasil. Viajar foi, desde o início, sua maneira de viver.

E, desde o início, aprendeu a ver o mundo com o duplo olhar de quem pertence e ao mesmo tempo é alheio.

A pluralidade de sua vida transmitiu-se à obra. Pintora e gravurista de formação, é também ilustradora de vários de seus livros. Foi publicitária, apresentadora de televisão e traduziu obras fundamentais da literatura. Jornalista e poeta, publicou livros de comportamento e de crônicas. Recebeu numerosos prêmios como contista. Sua obra para crianças e jovens é extensa e muitas vezes premiada.

Obras de Marina Colasanti publicadas pela Global Editora

A menina arco-íris
A moça tecelã
Cada bicho seu capricho
Com certeza tenho amor
Como uma carta de amor
Do seu coração partido
Doze reis e a moça no labirinto do vento
Eu sozinha
Hora de alimentar serpentes
Mais de 100 histórias maravilhosas
Marina Colasanti crônicas para jovens
O homem que não parava de crescer
O lobo e o carneiro no sonho da menina
O menino que achou uma estrela
O nome da manhã
O verde brilha no poço
Ofélia, a ovelha
Poesia em 4 tempos
Quando a primavera chegar
Sereno mundo azul*
Um amor sem palavras
Uma ideia toda azul
23 histórias de um viajante

Em espanhol

La joven tejedora
Un amor sin palabras
Un verde brilla en el pozo

* Prelo